CB069762

**CÍRCULO
DE POEMAS**

cova profunda é a boca das mulheres estranhas

Mar Becker

2ᵈ reimpressão

MISERERE

•

deus pai, perdoo-te. sei que o perdão é uma graça
concedida pelas que são tortas de corpo,
assimétricas — só as mulheres estranhas podem
ofertá-lo

porque tu as ofendeste, pai — e porque não há maior
ofensa do que privar beleza a mulheres, essas
criaturas que se espera que sejam as mais belas —,
por isso estás em dívida. como ofendidas, elas
escolhem cobrar ou absolver

reinam acima de ti, pairam acima, soberanas. eu,
    estranha e religiosa
perdoo teus desleixos, certa de que mesmo deidades
    caem
eu, santíssima
infinita bondade e infinito amor

as varizes que há dois anos começaram a subir por meus
    calcanhares, ainda bem finas, diria até delicadas, elas
    são fruto do teu remorso, de quando te arrependeste
    de mim, tua criatura, e fizeste o próprio sangue se
    insurgir, para que me fosse infartando aos poucos e
    me derrotasse sem fazer alarde

a pinta anômala nas costas: teu desejo de entregar a pele
    ao domínio de mariposas imensas

também meus ossos em desvio — joelhos voltados pra dentro, pés ligeiramente curvos —, as deformidades todas, esqueço-as

com infinita bondade e infinito amor. e te conduzo a águas tranquilas

e oferto repouso sobre os pastos verdejantes
do meu púbis, no meu sexo

de moça
e pântano

•

impressão de que meus ossos são mais longos do que
deviam. uma deformidade. os pulsos têm pontas,
uma extremidade de cabeça arredondada em cada,
ali onde se articula a mão. os braços também, tão
compridos. acho que tenho uma anomalia óssea, e
talvez isso esteja relacionado à hipermobilidade,
descobri esses tempos (dobrar os cotovelos para trás,
encostar a ponta do polegar puxando-o até o braço,
com o pulso em corcunda — faço essas coisas)

li que bailarinas se beneficiariam dessa condição,
articulações hipermóveis. eu, que não danço, penso
no desejo que subsiste, como ímpeto de fundo deste

esqueleto que foi feito para dançar e no entanto não
dança (mas varre o piso, passa roupa, caminha
na casa por um corredor sem fim, num desfile de
pequenos horrores enternecidos). é bem possível
que se engendre em mim o delírio das grandes
coreografias. em cada movimento, um médium veria
um enxame imaterial de gestos —

as idas e vindas da trapezista-fantasma de wim wenders
os pliés e demi-pliés de isadora duncan sugerindo-se nos
pés, trançando-se a eles numa névoa-echarpe

·

em lagoa vermelha, íamos à missa com a mãe, eu e a irmã. ainda não tínhamos idade para comungar — na hora da eucaristia, ficávamos sentadas no banco, vendo as mulheres voltarem em balé com lábios cerrados, ouvindo baixinho a canção

·

"cova profunda é a boca das mulheres estranhas"

•

o sexo nos dedos. a vaga sensação aquela de criança —
morna (quase em ternura), mas pavorosa: encostar
numa lesma depois da chuva de verão, as primas
junto, rir

uns minutos me tocando, e vem o suor. molho a ponta
do indicador num rastro dessa água, colhida de
alguma fenda qualquer de pele, levo-a até os pelos,
espalho

assim cobertos de sal, os lábios, como a lesma, talvez se
enruguem, sequem. amanhã me levantarei com uma
vulva já murcha, fruta desidratada — e direi então

"eis meu sexo senil entre estas coxas de moça"

•

penso no primeiro corpo a ocupar a terra prometida —
o corpo de uma mulher morta. penso em abraão e nas
palavras de abraão, "sou um estrangeiro entre vocês,
cedam-me alguma propriedade para a sepultura,
para que eu tenha onde enterrar minha mulher".
penso em canaã, penso na palavra interrompida à
boca de sara já fria

.

sabe-se de uma mulher interrompida muitas vezes que
termina gaga, essa gagueira sabe-se
a certa altura torna-se febre, ela
desata a falar em
ínguas muitas na garganta como
pérolas juntadas dos porcos, guardadas
à boca, à espera da hora melhor
de dizer
a verdade da lama

.

senhor meu deus, tu não me ouves
não ouves a mim e à minha irmã
e à mãe

não ouves quando nos reunimos e pedimos em uníssono
"vem, senhor meu deus
desce entre as mulheres da família"

mesmo assim continuaremos
já envelhecidas, estaremos à beira da
cama, antes de dormir

sei que será em vão
tu não virás
não entrarás nos nossos quartos

sei que tens medo, senhor meu deus
nossas mãos ao alto
num pai-nosso
os dedos tortos, deformados pela artrose

tens medo do abajur aceso
dos gestos se erguendo e compondo na parede
um teatro de sombras

tens medo do animal faminto que somos, à espreita
as mãos escuras no fundo branco
como garras de ave de rapina

UM CURSO EM VERMELHO

•

entre as mulheres, são as donas de casa as mais
estranhas. tudo nelas dá a entender que descendem
de uma espécie de mariposas remotas, e que de seus
pares de asa preservam a habilidade de camuflagem,
de mimese. frequentemente sonham que seus corpos
imitam os objetos e as cenas domésticas, que as
canções que cantam em voz baixa se confundem com
outros sons, não só dos membros da família

mas da própria casa, os ruídos
a rouquidão da água no ralo, o uivo à fresta das janelas

.

há donas de casa que adoecem do mal dos ralos
é uma enfermidade que acomete aquelas que nunca saem
ficam horas expostas à pia da cozinha, aos tanques de lavar roupa
vendo a água descer no fim, em espiral

dormem e sonham com recorrência que estão sob o
 domínio de
um empuxo, de uma força de sucção para dentro de si

e dentro de si, emudecidas
por vezes somem

.

[ao ouvir maria helena, 52, diarista, lembrar da infância]

não sei dar nome à timidez
ao desajeito — não sei
com que se movem certas meninas quando
brincam de boneca

não sei falar da ferida emudecida
a sombra que algumas delas carregam na boca nos
domingos em que inventam comidinha
para criaturas de pano

o poço que insiste, rouco

a noite sem fundo marcando quem são elas, essas
    meninas que
tão bem compreendem o que é fome de faz de conta
porque sabem o que é fome de verdade

.

a verruga que francisca teme tirar, apesar de
a dermato insistir —
é simples

a verruga no indicador — por ter apontado
a uma estrela, dizia a mãe
por ter cultivado num corpo o
broto de outro, diz a si mesma às vezes
por esperar que vingue, como
do nó de um galho se espera um braço

uma mulher que lhe nascesse nova de dentro da velha
uma segunda mão que digamos irrompesse
de sua própria mão e
entregasse a arma
ou a rama de uma tarde imune
ao tempo
(antes do marido
dos seis filhos
dos netos
da mudez)

que lhe puxasse a vida para fora dessa vida
como se puxa alguém de décadas
de soterramento ou naufrágio

•

enquanto passa a camisa, lia compreende a
suavidade do pano, o modo como nele o caimento
 desenha
um corpo, reconhece, lia
alcança com os dedos a confissão ainda viva do
linho, adivinha a estatura dos ombros, chega a
vislumbrar linhas de ossos e de músculos, a correnteza
do sangue, a jugular, através
do branco prevê um curso em vermelho
e sim saberia que lugar do pescoço apertar para alongar
 o prazer
se quisesse, e claro
também — não que precise mas
que golpe a seco desferir para que pareça acidental

.

quase nem toca na água
quase nem se percebe, esse resto de
leite, lânguido
escoadouro —
enquanto ela espera o xixi

os pés na ponta sobre o
tapete em crochê
nem pousam no chão
não pisam nesta terra de homens
não deixam olhares
de testemunho

há momentos assim tão puros na vida da mulher infiel
há horas de tamanha graça, que — parece
são só ela
e deus

ÁGUA-VIVA

•

diz a mãe que, quando nos viu recém-nascidas
minha irmã e eu, diz ela que pensou:
duas meninas. num tempo serão mulheres como eu, e
vão viver os medos que vivi —
tenho medo. vão passar o que passei
eu teria dito, se pudesse:
como dóis, mãe —
vai passar
nas filhas passa a dor das mães
o rio é outro
nós também
(o ódio, o ódio, o mesmo)

.

há um rancor já frio, marmorizado em orgulho, isso se
vê no modo como a mãe comenta, como ela parece
erguer-se num pensamento acima de si quando
toma a palavra para dizer que sim "vi minha mãe em
trabalho de parto

pela manhã e lavando roupa à tarde". desfez-se
da placenta, e depois retornou ao tanque, já
devidamente amarga — e como é belo o amargor em
certas mulheres, que esplendor há nessas

que não sonham e no entanto tocam com seus dedos de
geada a animalidade sonhante de dar à luz. a mãe
lembra ter visto essa figura recém-saída do sangue,
já reposta no seu lugar de sempre, reposicionada
em si como perfil de rosto entre gotículas de água e
fedor de cândida, lembra e de tempo em tempo narra
essa mulher soberana cujos sonhos vinham todos
atracados nos dentes, (onde eles devem estar, era
esse o recado), lembra e repete as palavras que ouviu
saírem de sua boca numa tarde de janeiro, "vai lá no
quarto, maria, vê tua irmã que nasceu"

•

enfio as mãos na gaveta escura, agosto de manhãs
 escuras. sou toda olhos nas mãos, e sei que calcinha
 procuro, mas que susto — de quem os cabelos
 gelados?

eu nem me lembrava dos sutiãs de alcinhas de silicone,
 quem se abandonou aqui nesse meio caminho entre
 escalpo e remota água-viva? —
essa menina me visita de vez em quando, desmesurada,
 lua-medusa

.

que lua nova és tu, poesia, cindida pela
sombra, ainda virgem
do beijo de deus, que pão para
nenhuma fé e nenhuma fome, que lua apátrida és tu
que entra pela boca das meninas mais
pequenas
como inconsagrada hóstia

•

eu deitava a cabeça no colo da mãe, e a trança escorria
   num castanho rastejeiro pelas coxas

ela desatava a ponta, as argolas desfeitas, uma a uma

eu era menina por onde a nuca cascateava fios repletos
   de lêndeas. surgiam ínfimas, e teria sido impossível
   identificá-las se não brilhassem à claridade,
   estreladas

•

a mãe nos meus cabelos, enovelada pelas mãos

subiam e desciam, as mãos dela, no gesto de puxar cada
   piolho da raiz à base e espremer com as unhas dos
   polegares

eu era menina onde uma cena tinha janela para outra:
a imagem sem fim nem começo
coser bonecas
costurar escalpos
ponto a ponto, mudamente

•

um pano de prato em cima do pão, pra cobri-lo. a barra em crochê pendendo frouxa, e pela largura dos pontos, "faz assim, duas voltas, engancha", pela articulação do volteio eu componho que mãos de mulher são estas, que se ausentam

.

o fogão aceso
a panela, os carunchos boiando acima, em círculos
o rosto da mãe no meio
da névoa que sobe

sempre ralo como água de arroz
o leite das mulheres
para a fome dos homens

•

há um sul onde se fecha nos olhos o choro das meninas

lá, como relentam
as casas

A ILHA

•

estendo a mão para fora da janela, para molhar na chuva a ponta de uma agulha

•

sou levada à água antiga

•

luar desfeito em meninges, canção esgarçada ao licor das chairas

•

um pássaro — um sanhaço cruza acima, e com ele um azul longo, chamando, chamando. a ideia de um beijo azulado, de uma boca metilena levíssima beijando-
-me os pelos do púbis me atravessa, um susto. e os objetos do meu quarto de mulher, estremecidos pela passagem desse horripilar doce (de tão breve), são eles o endereço para onde vai migrando aos poucos a angeologia sem anjos que um dia batizei com palavras de amor

-

pela arcada dentária. (...) assim se pode reconhecer o vivo no morto

-

(brilham as faltosas pontas dos caninos, duas estrelas breves)

.

há tempo me acompanha a imagem de uma mulher
cujos cabelos são muito longos, enrolam-na como um
manto. safo voltaria das águas assim, e as habitantes
da ilha cercariam-na, espantadas

safo redimida e reabsorvida à paisagem, embrulhada
nos seus próprios fios de cabelo, que então
cintilariam não só o nácar, mas também toda forma
de paixão; medo e febre de ouro, ferrugem, pedraria,
escamas, pares de olhos náufragos

Copyright © 2024 Marceli Andresa Becker

Todos os direitos reservados. Nenhuma parte desta obra pode ser reproduzida, arquivada ou transmitida de nenhuma forma ou por nenhum meio sem a permissão expressa e por escrito da Editora Fósforo.

DIREÇÃO EDITORIAL Fernanda Diamant e Rita Mattar
COORDENAÇÃO DA COLEÇÃO E EDIÇÃO Tarso de Melo
COORDENAÇÃO EDITORIAL Juliana de A. Rodrigues
ASSISTENTE EDITORIAL Millena Machado
DIRETORA DE ARTE Julia Monteiro
IMAGEM DE CAPA *The Sewing School* [A escola de costura], de Constance Mayer (1775-1821)
REVISÃO Eduardo Russo
PROJETO GRÁFICO Alles Blau
EDITORAÇÃO ELETRÔNICA Página Viva

Dados Internacionais de Catalogação na Publicação (CIP)
(Câmara Brasileira do Livro, SP, Brasil)

Becker, Mar
cova profunda é a boca das mulheres estranhas / Mar Becker. — São Paulo : Círculo de Poemas, 2024.

ISBN: 978-65-84574-65-6

1. Poesia brasileira I. Título.

23-187302 CDD — B869.1

Índice para catálogo sistemático:
1. Poesia : Literatura brasileira   B869.1

Tábata Alves da Silva — Bibliotecária — CRB-8/9253

1ª edição
2ª reimpressão, 2025

circulodepoemas.com.br
fosforoeditora.com.br

Editora Fósforo
Rua 24 de Maio, 270/276, 10º andar
01041-001 — São Paulo/SP — Brasil

A marca FSC® é a garantia de que a madeira utilizada na fabricação do papel deste livro provém de florestas gerenciadas de maneira ambientalmente correta, socialmente justa e economicamente viável e de outras fontes de origem controlada.

CÍRCULO DE POEMAS

LIVROS

1. **Dia garimpo.** Julieta Barbara.
2. **Poemas reunidos.** Miriam Alves.
3. **Dança para cavalos.** Ana Estaregui.
4. **História(s) do cinema.** Jean-Luc Godard (trad. Zéfere).
5. **A água é uma máquina do tempo.** Aline Motta.
6. **Ondula, savana branca.** Ruy Duarte de Carvalho.
7. **rio pequeno.** floresta.
8. **Poema de amor pós-colonial.** Natalie Diaz (trad. Rubens Akira Kuana).
9. **Labor de sondar [1977-2022].** Lu Menezes.
10. **O fato e a coisa.** Torquato Neto.
11. **Garotas em tempos suspensos.** Tamara Kamenszain (trad. Paloma Vidal).
12. **A previsão do tempo para navios.** Rob Packer.
13. **PRETOVÍRGULA.** Lucas Litrento.
14. **A morte também aprecia o jazz.** Edimilson de Almeida Pereira.
15. **Holograma.** Mariana Godoy.
16. **A tradição.** Jericho Brown (trad. Stephanie Borges).
17. **Sequências.** Júlio Castañon Guimarães.
18. **Uma volta pela lagoa.** Juliana Krapp.
19. **Tradução da estrada.** Laura Wittner (trad. Estela Rosa e Luciana di Leone).
20. **Paterson.** William Carlos Williams (trad. Ricardo Rizzo).
21. **Poesia reunida.** Donizete Galvão.
22. **Ellis Island.** Georges Perec (trad. Vinícius Carneiro e Mathilde Moaty).
23. **A costureira descuidada.** Tjawangwa Dema (trad. floresta).
24. **Abrir a boca da cobra.** Sofia Mariutti.
25. **Poesia 1969-2021.** Duda Machado.
26. **Cantos à beira-mar e outros poemas.** Maria Firmina dos Reis.
27. **Poema do desaparecimento.** Laura Liuzzi.

PLAQUETES

1. **Macala.** Luciany Aparecida.
2. **As três Marias no túmulo de Jan Van Eyck.** Marcelo Ariel.
3. **Brincadeira de correr.** Marcella Faria.
4. **Robert Cornelius, fabricante de lâmpadas, vê alguém.** Carlos Augusto Lima.
5. **Diquixi.** Edimilson de Almeida Pereira.
6. **Goya, a linha de sutura.** Vilma Arêas.
7. **Rastros.** Prisca Agustoni.
8. **A viva.** Marcos Siscar.
9. **O pai do artista.** Daniel Arelli.
10. **A vida dos espectros.** Franklin Alves Dassie.
11. **Grumixamas e jaboticabas.** Viviane Nogueira.
12. **Rir até os ossos.** Eduardo Jorge.
13. **São Sebastião das Três Orelhas.** Fabrício Corsaletti.
14. **Takimadalar, as ilhas invisíveis.** Socorro Acioli.
15. **Braxília não-lugar.** Nicolas Behr.
16. **Brasil, uma trégua.** Regina Azevedo.
17. **O mapa de casa.** Jorge Augusto.
18. **Era uma vez no Atlântico Norte.** Cesare Rodrigues.
19. **De uma a outra ilha.** Ana Martins Marques.
20. **O mapa do céu na terra.** Carla Miguelote.
21. **A ilha das afeições.** Patrícia Lino.
22. **Sal de fruta.** Bruna Beber.
23. **Arô Boboi!** Miriam Alves.
24. **Vida e obra.** Vinicius Calderoni.
25. **Mistura adúltera de tudo.** Renan Nuernberger.
26. **Cardumes de borboletas: quatro poetas brasileiras.** Ana Rüsche e Lubi Prates (orgs.).
27. **A superfície dos dias.** Luiza Leite.

Que tal apoiar o Círculo e receber poesia em casa?

O que é o Círculo de Poemas? É uma coleção que nasceu da parceria entre as editoras Fósforo e Luna Parque e de um desejo compartilhado de contribuir para a circulação de publicações de poesia, com um catálogo diverso e variado, que inclui clássicos modernos inéditos no Brasil, resgates e obras reunidas de grandes poetas, novas vozes da poesia nacional e estrangeira e poemas escritos especialmente para a coleção — as charmosas plaquetes. A partir de 2024, as plaquetes passam também a receber textos em outros formatos, como ensaios e entrevistas, a fim de ampliar a coleção com informações e reflexões importantes sobre a poesia.

Como funciona? Para viabilizar a empreitada, o Círculo optou pelo modelo de clube de assinaturas, que funciona como uma pré-venda continuada: ao se tornarem assinantes, os leitores recebem em casa (com antecedência de um mês em relação às livrarias) um livro e uma plaquete e ajudam a manter viva uma coleção pensada com muito carinho.

Para quem gosta de poesia, ou quer começar a ler mais, é um ótimo caminho. E para quem conhece alguém que goste, uma assinatura é um belo presente.

**CÍRCULO
DE POEMAS**

Este livro foi composto em GT Alpina e
GT Flexa e impresso pela gráfica Ipsis
em fevereiro de 2025. Na garganta
pérolas guardadas à espera
da hora melhor de dizer
a verdade da lama.